Elias Nord

Echos über das Wasser

Das Vermächtnis des Krieges

Elias Nord

ECHOS ÜBER DAS WASSER

Das Vermächtnis des Krieges

Bibliografische Information der Deutschen Nationalbibliothek: Die Deutsche Nationalbibliothek verzeichnet diese Publikation in der Deutschen Nationalbibliografie; detaillierte bibliografische Daten sind im Internet über http://dnb.dnb.de abrufbar.

Lektorat & Korrektorat: mit Unterstützung durch KI

Verlag: BoD · Books on Demand GmbH, Überseering 33, 22297 Hamburg, bod@bod.de

Druck: Libri Plureos GmbH, Friedensallee 273, 22763 Hamburg

ISBN: 978-3-7693-0516-6

Inhaltsverzeichnis

Für meine Familie

KAPITEL 1: DIE GESCHICHTE VON ELENA

Irgendwo an der Front

Das fern rollende Donnern der Artillerie klingt wie entferntes Meeresrauschen, während wir in diesem verlassenen Dorf aus verbeulten Blechbechern dünnen Kaffee schlürfen. Kostja reißt einen seiner völlig missratenen Wortspiele – irgendetwas mit „Granaten-Dates" –, und selbst der stoische Artyom schnaubt ein Lachen, dass fast schon nach Frieden schmeckt. Für einen flüchtigen Augenblick legt sich über unsere kleine Runde eine schwer fassbare, zarte Normalität: Das matte Glühen der Abendsonne färbt die verkratzten Helme bernsteinfarben, der Wind trägt den Geruch von feuchter Erde statt Schießpulver heran, und die Einschläge weit hinter den Hügeln wirken wie das Wetter in einem anderen Land.

Genau in dieses flirrende Innehalten schiebt sich das Bild meiner Großmutter. Ich sehe sie, als stünde sie jetzt am Rand des Seerosenteichs: ihre faltigen Hände, die behutsam eine Blüte drehen, das Ticken ihrer alten Armbanduhr, ihr Lächeln, dass jeden

Sommerabend leiser werden ließ. „Alles Wurzeltiefes kehrt zurück", hatte sie gesagt, während Libellen das Wasser strichen – Worte, so leicht wie Pollen und doch schwer genug, um sich in meine Brust zu legen. Ich spüre den Nachhall ihres Flüsterns, noch ehe ich die Augen schließe.

Da reißt ein greller Lichtblitz den Horizont auf. Der Boden unter uns bebt, Metall klappert, jemand stößt einen Fluch aus. Das Echo der Explosion jagt durch den Himmel wie ein gebrochener Trommelschlag und fegt dass fragile Lachen davon, als wäre es nie da gewesen. Ich atme scharf ein, schmecke plötzlich Staub auf der Zunge – und ahne, das Großmutters Versprechen härter geprüft werden wird, als sie es sich je hätte vorstellen können.

Plötzlich bricht ein blendender Feuerball durch die Ferne und reißt die Wirklichkeit auseinander.

Die Schwärze der Dunkelheit umhüllt mich wie ein erdrückender Mantel, als ich langsam aus der Ohnmacht erwache. Mein Körper fühlt sich an, als wäre er von unsichtbaren Händen gefesselt, die mich gnadenlos in die Tiefe ziehen. Ein dumpfer Schmerz durchzuckt mich, meine Sinne sind verwirrt. Ich taste mich durch die Finsternis, doch die Umgebung bleibt ein Rätsel. Kalte, feuchte Luft kriecht in meine Lungen, begleitet von einem beißenden Gestank nach Metall, Gummi und Rauch. Ein olfaktorisches Echo des Grauens, dass sich um mich herum ausbreitet.

Meine Gedanken driften in eine Zeit vor dem Krieg, als ich noch Elena war. Ich erinnere mich an ein Klassenzimmer, dass warm von Sonnenlicht durchflutet war, als der Frühling sein Gesicht zeigte. Ein bestimmter Augenblick schiebt sich in den Vordergrund meiner Erinnerungen: meine beste Freundin Laura und ich, die leise in der hintersten Reihe kichern, als der Lehrer etwas Langweiliges erklärte. Ein verschmitztes Lächeln über etwas, dass nur wir beide verstanden haben. Ich erinnere mich an Jury, meinen heimlichen Schwarm, dessen Blick mich kurz gestreift hat und meine Welt für einen Moment in Ordnung war. Die Sonne, die durch das Fenster hereinströmte, verwandelte das Klassenzimmer in einen Ort der Leichtigkeit und Unbeschwertheit.

Doch plötzlich reißen mich brutale Gedanken aus diesen süßen Erinnerungen. Wie bin ich hierhergekommen? Was war unser Auftrag? Wo sind meine Kameraden? Warum höre ich sie nicht? Die Stille des Krieges umgibt mich, und ich spüre die Einsamkeit wie eine eiskalte Hand, die mir das Herz zusammenpresst. Wir sollten doch nur dass zerbombte Dorf ausspähen. Wo sind meine Kameraden? Das letzte, was ich erinnere, ist der Lärm des Gefechts, das Donnern der Explosionen. Die Antwort auf meine Fragen kommt, als ich mich plötzlich an eine Explosion erinnere, die die Welt um mich herum zerrissen hat. Mein Körper zittert vor Schmerzen, und dass anhaltende Klingeln in meinen Ohren wird unerträglich.

Langsam wird mir bewusst, dass ich überlebt habe. Ein Blick an mir herunter offenbart oberflächliche Verletzungen und geplatzte Trommelfelle. Mein Herzschlag klopft in meinen Ohren, und ich atme schwer. Ich bin allein in der Dunkelheit, umgeben von Ruinen und der Stille des Krieges. Die Schatten, die mich umgeben, sind wie Geister, die durch die Ruinen des zerbombten Dorfes schleichen.

Ich stehe mittendrin, meine Hände umklammern die kalte Waffe, während der beißende Geruch von Rauch und Verbranntem in meiner Nase hängen bleibt. Das Adrenalin rast durch meine Adern, pulsierend im Rhythmus des Krieges. Das Inferno der Explosionen hat sich gelegt, und die Stille des Schlachtfeldes umfängt mich. Der Rauch verzieht sich langsam, enthüllt die Zerstörung, die um mich herum wütet. Trümmer liegen wie stumme Zeugen vergangener Ereignisse. Ich höre nur mein eigenes

Atmen, dass in der Stille einen markerschütternden Klang annimmt.

Mein Blick durchstreift die Umgebung, auf der Suche nach meinen Kameraden. Doch die Schatten, die sich zwischen den Ruinen bewegen, sind unbekannt, feindlich. Der Krieg hat Gesichter verschluckt, hat aus Verbündeten Unbekannte gemacht. Ich spüre die Kälte des Metalls in meiner Hand, die Pistole, meine einzige Verbindung zur Realität dieses Albtraums.

Die Bilder der Vergangenheit blitzen vor meinen Augen auf, wie ein alter Film, der in meinem Kopf abgespielt wird. Ich erinnere mich an Laura, wie wir einst auf einer Bank saßen und über die Zukunft lachten. Doch die Zukunft liegt jetzt in Trümmern. Die Gedanken an Jury, meinen Schwarm, sind wie ein ferner Traum, den der Krieg verschluckt hat. Die Ruinen des Dorfes werden zu meinem Schlachtfeld, und ich, ein einsamer Krieger, kämpfe nicht für einen glorreichen Sieg, sondern für mein eigenes Überleben. Jeder Schritt ist ein Tanz mit dem Tod, jeder Atemzug ein Kampf gegen die Stille. Die Waffe in meiner Hand gibt mir eine trügerische Sicherheit. Die Kälte des Metalls erinnert mich daran, dass ich noch am Leben bin, dass ich weiterkämpfen muss.

Die Schatten um mich herum werden lebendig, und ich höre leise, unverständliche Stimmen. Feindliche Soldaten, die sich nähern. Mein Herzschlag beschleunigt sich, und ich tauche in den Überlebenskampf ein. Ein schneller Blick, eine Entscheidung. Meine Finger spannen sich um den Abzug, und der Krieg erhebt sich erneut zu einem ohrenbetäubenden Crescendo aus Schüssen und Schreien. Der Staub der Ruinen vermischt sich mit dem Rauch des Gefechts, und ich stehe da, ein Überlebender, mitten im Wirbelsturm des Krieges.

Die Detonationen der Schüsse verebben, und die Welt um mich herum wird von einem unheimlichen Schweigen durchzogen. Der Rauch verzieht sich, legt die Verwüstung des Dorfes offen. Zwischen den Ruinen stehe ich, die Pistole in der Hand, das Adrenalin noch immer in meinen Adern pulsierend. Die Stille ist beängstigend, fast unwirklich. Mein Atem, schwer und laut, ist der einzige Klang in der postapokalyptischen Szenerie. Ein Blick nach oben zeigt den Himmel, der von dunklen Wolken überzogen ist, als wolle er die Tragödie auf der Erde verschleiern.

Die Gedanken an den Seerosenteich meiner Kindheit kehren zurück, wie eine Oase der Ruhe inmitten des Chaos. Ich erinnere mich an dass klare Wasser, dass zwischen den Seerosenblättern schimmerte, ein Ort der Flucht vor den Wirren des Lebens. Aber diese Erinnerung wird von der Realität des Krieges überdeckt. Mein Blick wandert zu meinen Händen, die noch immer die Waffe umklammern. Blutverschmiert, aber fest entschlossen. Ein Gefühl der Leere breitet sich in meiner Brust aus. Ich habe überlebt, doch zu welchem Preis?

Der Krieg hat nicht nur das Land, sondern auch die Unschuld begraben. In einem kurzen Moment relativer Stille erinnere ich mich an das Gesicht meiner Großmutter, wie sie am Seerosenteich saß und Geschichten erzählte. Geschichten von einer Welt, die nicht von Gewalt und Zerstörung geprägt war. Die Ruhe des Seerosenteichs, das Zirpen der Grillen, all dass ist nun in weite Ferne gerückt. Ein Windstoß trägt den Rauch fort, und ich stehe allein da, umgeben von den Schatten der Vergangenheit und den Trümmern der Gegenwart. Mein Herz, dass einst im Takt des Seerosenteichs schlug, ist jetzt eine Melodie des Verlusts.

Der letzte Schuss, der mich niedergestreckt hat, bleibt in der Stille des Seerosenteichs verankert. Die Welt, die ich kannte, liegt in Trümmern, und ich stehe allein am Ufer, ein Überlebender ohne Heimat. Der Krieg hat die Zeit gedehnt, und in diesem Moment der relativen Stille fühlt es sich an, als würde die Welt den Atem anhalten. Die Umgebung liegt in einer Art Schockstarre, als könnte sie nicht fassen, was gerade geschehen ist. Meine Gedanken kehren zu einem Ort der Sicherheit zurück, zu meiner Großmutter am Seerosenteich. Doch diese Flucht in die Vergangenheit wird jäh unterbrochen, als ein leises Geräusch hinter mir die Illusion der Ruhe zerstört. Ich drehe mich um, die Waffe immer noch in meiner Hand. Der Adrenalinschub, der mich durchströmt, wird von einer unbekannten Bedrohung ausgelöst.

Zwischen den Trümmern taucht ein Mann mit einem Gewehr auf. Sein Gesicht ist maskiert, nur seine Augen sind sichtbar. Der Blick ist kalt, emotionslos, ein Spiegelbild des Krieges. Mein Herzschlag beschleunigt sich erneut, und meine Hand verkrampft sich um die Pistole. In diesem Moment, zwischen Angst und Überlebensinstinkt, wird die Welt zu einem surreal wirkenden Tableau. Der Mann hebt sein Gewehr, zielt auf mich. Das Knacken des Mechanismus hallt in meinen Ohren wider. Der Schuss durchbricht die Stille, ein einziger Augenblick, der die Zeit einfriert.

 Der Schmerz, der durch mich fährt, ist überwältigend. Der Mann mit dem Gewehr, eine anonyme Figur im Krieg, hat seine Waffe auf mich gerichtet, und mein Schicksal wird in einem einzigen Augenblick besiegelt. Die Welt wird unscharf, die

Umgebung verschwimmt. Der Schmerz in meiner Brust pocht im Rhythmus meines verlangsamten Herzschlags. Ich denke an den Seerosenteich, an die Geschichten meiner Großmutter, an die Momente der Unschuld, die nun von der brutalen Realität des Krieges verschlungen werden. Meine Knie knicken ein, und ich sinke langsam zu Boden. Die Ruinen des Dorfes, die Überreste meiner einstigen Realität, umgeben mich. Der Krieg hat sein Urteil gesprochen. Mein Blick wird trüb, das Bewusstsein schwindet. Der letzte Schuss, der mich getroffen hat, wird zum Echo meines Schicksals.

Die Welt verblasst, der Krieg verschluckt mich. In diesem Augenblick wird meine Existenz zu einer Geschichte, zu einem verlorenen Kapitel im großen Buch des Leids.

Der Seerosenteich meiner Kindheit, ein letzter Gedanke, bevor die Dunkelheit mich umfängt. Die Dunkelheit weicht einer sanften Helligkeit, und ich finde mich wieder am Ufer eines Seerosenteichs. Die grünen Blätter auf dem klaren Wasser erinnern an vergangene Zeiten, an die Unschuld und die Geborgenheit meiner Kindheit. Doch die Realität des Krieges hat einen unheilbaren Riss hinterlassen. Der Seerosenteich, ein Ort der Ruhe und Gelassenheit, scheint von den Schatten des Schlachtfeldes verschont zu bleiben.

Ich stehe am Ufer, meine Gedanken sind ein Wirr-warr aus Erinnerungen und verlorenen Momenten. Der Krieg hat nicht nur das Land, sondern auch meine Existenz gezeichnet. Die Welt um mich herum ist fragil, wie ein Traum, der mit dem Erwachen entgleitet. Der Rauch des Krieges verzieht sich, und ich erkenne die Überreste der Ruinen in der Ferne. Die Schatten der Vergangenheit hallen nach, während ich am Seerosenteich verweile. Die grünen Blätter spiegeln sich im klaren Wasser, ein Bild der Zerbrechlichkeit, dass dem Chaos des Krieges gegenübersteht.

Mein Herz, dass einst im Takt des Seerosenteichs schlug, ist jetzt eine Melodie des Verlusts. Der letzte Schuss, der mich niedergestreckt hat, bleibt in der Stille des Seerosenteichs verankert. Die Welt, die ich kannte, liegt in Trümmern, und ich stehe allein am Ufer, ein Überlebender ohne Heimat. Ein Gefühl der Leere erfüllt mich, während ich auf die grünen Blätter blicke, die sich sanft auf der Wasseroberfläche wiegen. Die Erinnerung an die Geschichten meiner Großmutter wird von der Realität des Krieges überdeckt. Der Seerosenteich, einst ein Symbol der Zuflucht, ist jetzt ein Ort der verlorenen Träume. Die Sonne neigt sich langsam dem Horizont zu, und dass klare Wasser des Seerosenteichs fängt die letzten Strahlen des Tageslichts ein. Der

Krieg hat die Unschuld ertränkt, die grünen Blätter sind Zeugen der Tragödie, die sich entfaltet hat. Die Ruinen des Dorfes und die Stille des Seerosenteichs verschmelzen zu einem Gesamtbild meiner Existenz. Der Krieg hat seinen Tribut gefordert, und ich stehe hier, ein gebrochener Überlebender, der zwischen den Welten wandert. Der Seerosenteich, einst ein Ort der Zuflucht, wird zu meinem persönlichen Epilog, zu einem stillen Zeugen meines Schicksals. Das Buch des Leids schließt sich, und ich verharre am Ufer des Seerosenteichs, gefangen in der Endlosigkeit des Nachklangs eines Krieges, der keine Sieger kennt.

KAPITEL 2: DIE GESCHICHTE VON JURI

In dem toten Dorf

"Ich habe sie erschossen!"

Diese erschütternde Erkenntnis durchzuckt mich, während ich da stehe, das Gewehr noch in meinen zitternden Händen. Der laute Knall hallt in meinen Ohren nach, ein unerbittlicher Nachklang der Tat, die ich gerade vollbracht habe. Es fühlt sich an, als wäre mein Körper nicht mein eigener, als würde ich von außen zusehen, wie meine Hände beben – ein sichtbarer Ausdruck des inneren Aufruhrs, der mich erfasst hat.

Vor mir auf dem Boden liegt der leblose Körper einer Frau. Ich kann meinen Blick nicht von ihr abwenden, obwohl jeder Instinkt in mir schreit, wegzusehen, zu fliehen. Die Kälte des Metalls meines Gewehrs in meinen Händen steht in krassem Gegensatz zu dem warmen Blut, dass ich gerade vergossen habe. Mein Atem ist schwer und unregelmäßig, während die Erinnerungen in mir aufsteigen.

Die Nacht, in der ich das Auto gestohlen habe, flutet zurück in mein Bewusstsein. Es war eine Dummheit, getrieben von dem Wunsch, Frauen zu beeindrucken, ein jugendlicher Streich, der aus dem Ruder lief. Nie hätte ich gedacht, dass dieser Fehler mich für fünf Jahre hinter Gitter bringen würde. Die Ungerechtigkeit dessen, was mir widerfuhr, brennt in mir, ein ständiger Begleiter meiner Tage im Gefängnis.

Ein schrilles *Klack* von Metall auf Metall – das Geräusch der zuschnappenden Zellentür – zerreißt die muffige Dunkelheit im Innern meines Kopfes. Ich höre wieder das Echo der Schritte des Wärters, wie sie in dem langen Korridor verhallten, und rieche den säuerlichen Dunst von Schweiß, Desinfektionsmittel und zu viel Zeit. Neben mir auf der Pritsche schob der alte Pjotr seine zerschrammten Finger durch das Gitter, als könnte er die Freiheit ertasten.

„Merk dir, Juri," knurrte er, während irgend-wo weiter vorn Schüssel auf Schüssel klirrte, „die Leute hier drinnen sind wie rostige Zahnräder: Sie drehen sich nur, wenn du Öl reinschüttest – oder wenn du sie mit der Zange brichst. Draußen ist es nicht anders. Überlebst du nur für dich, bist du schon halb tot. Such dir etwas, dass größer ist als du selbst, dann hältst du dass hier aus."

Der Ratschlag bohrte sich tiefer in mich als jede Strafe. Ich spürte die kühle Wand im Rücken, hörte dass monotone Tropfen aus dem defekten Rohr über mir und dachte zum ersten Mal ernsthaft darüber nach, wofür ich eigentlich kämpfe – und was von mir übrigbleibt, sobald das Kämpfen vorbei ist. Damals begriff ich nicht, wie sehr Pjotrs raues Flüstern meine Schritte lenken würde. Heute, im toten Dorf, begreife ich es nur zu gut: Bei jedem Schuss klingen Zellenklirren und seine warnenden Worte nach – und drängen mich, zwischen bloßem Überleben und der Suche nach etwas „Größerem" zu wählen.

Und nun dies. Ich, der ich dachte, im Gefängnis schon alles gesehen und erlebt zu haben, was das Leben an Dunkelheit zu bieten hat, finde mich in einer Realität wieder, die all dass in den Schatten stellt.

Das erste Mal einen Menschen zu töten, und dann auch noch eine Frau, erschüttert mich auf eine Weise, die ich nicht für möglich gehalten hätte.

"Ich habe sie erschossen."

Diese Worte sind wie ein Fluch, der mich verfolgen wird. Nichts aus meiner Vergangenheit, nicht die Nächte im Gefängnis, nicht die Ungerechtigkeit meiner Strafe, nichts hat mich auf die Schwere dieses Moments vorbereitet. Ich stehe hier, ein Mann, der durch das Gefängnis abgehärtet sein sollte, und doch fühle ich mich durch meine Tat gebrochen. Die Diskrepanz zwischen dem jugendlichen Dieb, der ich einst war, und dem Soldaten, der ich jetzt geworden bin, ist erdrückend. Ich wollte einst nur beeindrucken, suchte nach Anerkennung und Abenteuer.

Doch hier, in diesem Moment, finde ich mich in einer Realität wieder, die jegliches Verständnis von Recht und Unrecht, von Gut und Böse, in Frage stellt.

Aber sie hat meinen Freund getötet, den einzigen, den ich hatte, seitdem ich hier in diesem Krieg kämpfe. Diese Erkenntnis flackert in meinem Bewusstsein auf, ein schwacher Versuch, meine Tat zu rechtfertigen. Um mich herum nur Hass und Schikane von den anderen, die mich nie als einen der ihren akzeptiert haben. In diesem Moment klammere ich mich an den dünnen Faden der Rechtfertigung – wenigstens lebe ich noch.

Mein Blick fällt erneut auf sie, oder genauer, auf die Uhr an ihrem Handgelenk. Ein seltsamer Ankerpunkt in diesem Chaos. „Sie hat eine schöne Uhr an." Dieser Gedanke ist absurd in seiner Banalität, doch er zieht mich an. In einer Welt, die von Tod, Verlust, Schmutz und Angst geprägt ist, sticht die Uhr hervor wie ein Symbol für das, was einst war und nie wieder sein wird. Ich strecke meine Hand aus und nehme sie, ein Akt der Verzweiflung, ein Versuch, mir etwas von Wert zu sichern inmitten der Zerstörung.

Was haben sie mir nicht alles versprochen, als ich mich diesem Kampf anschloss. Geld, Frauen, Ruhm – Worte, die in der Hitze des Gefechts verpuffen und nur die harte Realität des Krieges hinterlassen. Und nun, in meinen Händen, halte ich dass erste und einzige „wertvolle", dass ich seit meiner Ankunft gefunden habe – eine Uhr, ein stiller Zeuge der Zeit, die weitergeht, ungeachtet des Leids um sie herum.

Ich stehe da, die Uhr fest umklammert, und spüre, wie ihre Kälte sich in mein Fleisch gräbt. Sie wird zu einer makabren Trophäe meiner Überlebensfähigkeit, ein stummer Vorwurf gegen alles, was mir versprochen wurde und nie eingelöst wurde. In diesem Augenblick verstehe ich, dass die Versprechungen von Geld, Frauen und einem Leben in

Überfluss nur Illusionen waren, Lockmittel, um mich tiefer in diesen Albtraum zu ziehen.

Die Uhr in meiner Hand, glänzend und unberührt vom Schmutz des Krieges, steht im krassen Gegensatz zu meiner verschmutzten, blutbefleckten Existenz. Sie symbolisiert eine Welt, die so fern und unerreichbar scheint, und doch kann ich sie nicht loslassen. Sie ist ein Beweis dafür, das Schönheit und Wert noch existieren können, selbst an einem Ort, der alles Menschliche zu verschlingen scheint. Ich drehe die Uhr in meinen Händen, betrachte sie aus allen Winkeln, und mit jedem Tick fühle ich, wie die Schwere meiner Tat mich weiter nach unten zieht.

Doch zugleich klammere ich mich an sie als Beweis dafür, dass ich noch lebe, dass ich in dieser zerstörten Welt noch immer nach etwas greifbar Wertvollem suchen kann.

Zwei Tage nachdem ich das Unfassbare getan habe, finde ich mich wieder in dem zerstörten Dorf, mitten im Kampfgeschehen. Um mich herum detonieren Granaten, und ich liege geduckt im Graben, während mein ganzes Sein darauf fokussiert ist, nicht getroffen zu werden. Der Lärm ist ohrenbetäubend, ein endloses Crescendo des Chaos, dass keinen Gedanken an etwas anderes zulässt, außer an dass nackte Überleben. Mit jeder Explosion, die meinem Versteck gefährlich nahekommt, steigt die Angst. Dann, ein neues Geräusch – dass bedrohliche Dröhnen von Panzern, das Knirschen ihrer Ketten auf zerstörtem Erdreich, begleitet von den Schritten feindlicher Soldaten. Sie planen tatsächlich einen Frontalangriff.

Ein schneller Blick über den Rand bestätigt meine Befürchtungen: Sie kommen direkt auf uns zu. Neben mir meine Kameraden, jeder gefangen in der gleichen Mischung aus Furcht und Entschlossenheit, bereit, sich dem zu stellen, was da kommen mag. Wir warten auf den Moment des Zusammenpralls, auf das Kommando zum Gegenangriff. „Hoffentlich überlebe ich das.

Ich will nicht sterben.", wiederhole ich in Gedanken, als wäre es ein Schutzschild gegen die unmittelbare Gefahr. Dann bricht die Hölle über uns herein. Auf das Kommando unseres Anführers hin eröffnen wir das Feuer. Rauch und Staub verschlucken alles um mich herum, Sicht wird zur Fehlanzeige, reduziert auf das Geräusch von Schüssen, das Zischen von Kugeln, Explosionen, Schreie. Es ist vorbei, bevor ich es wirklich begreifen kann, doch für mich fühlt es sich an wie Jahre, eingekapselt in Sekunden der Furcht und des Überlebenskampfes.

Der Moment der Stille, die sich wie ein schwerer Mantel über dass mich legt, ist beinahe erdrückender als der Lärm des Gefechts. In dieser unnatürlichen Ruhe werden Gedanken und Bilder, die ich verzweifelt zu verdrängen versuche, übermächtig.

Vor allem eines drängt sich mir immer wieder auf: das Gesicht der Frau, die durch meine Hand ihr Leben ließ. Ihr Bild erscheint unvermittelt, gräbt sich tief in mein Bewusstsein und treibt die Schuldgefühle, die mich umklammern, auf einen neuen Höhepunkt der Verzweiflung. Das Gewicht dieser Schuld wird mit jedem Tag, der vergeht, unerträglicher. Während um mich herum der Kampf weiter tobt, als wäre die Zeit in die Länge gezogen, verdichtet sich die Anspannung, die sich über Tage, Wochen und Monate aufgestaut hat, zu einem einzigen, alles beherrschenden Gedanken:

Ich muss hier weg, um jeden Preis.

Meine Verzweiflung entfesselt eine wilde, ungestüme Kraft in mir, die mich antreibt, den Schützengraben, dieses Grab aus Erde und Angst, hinter mir zu lassen und ins Unbekannte zu fliehen. Das Gesicht der Frau, dass mich unablässig verfolgt, verstärkt nur meine Fluchtgedanken, treibt mich weiter voran, weg von diesem Ort des Schreckens, weg von der endlosen Gewaltspirale, die jeden Tag nur mehr Schuld und Verzweiflung in mein Leben bringt.

In diesem Moment, in dem die Welt um mich herum zu einem langsamen, unwirklichen Ballett des Krieges wird, spüre ich, wie sich meine Beine gegen den festen Boden des Schützengrabens stemmen, bereit, mich in eine Zukunft zu katapultieren, die nicht düsterer sein könnte als das, was ich hinter mir lasse. Doch selbst, während ich mich zum Sprung bereitmache, sind es die Gedanken an die Frau, die Schuld und das Entsetzen, die mich wie Fesseln zu halten versuchen. Es ist ein Kampf nicht nur ums Überleben, sondern auch um Erlösung, ein Kampf, der in meinem Inneren tobt und dessen Ausgang ungewiss ist.

Ich stehe auf, wende mich ab und beginne zu rennen, weg von allem, was mir nur Schmerz und Verzweiflung gebracht hat. Die Schreie hallen in meinen Ohren, von vorne, von hinten – sie verfolgen mich, doch ich schiebe sie beiseite, beschleunige mein Tempo. Ich sehe Soldaten auf mich zukommen, ihre Arme ausgestreckt, ihre Stimmen laut, sie versuchen mich aufzuhalten, rufen mir etwas zu. Doch ihre Worte erreichen mich nicht; ihr Sinn verliert sich im Wind meiner Flucht.

Sie können mich einsperren, zurückbringen – alles erscheint mir besser, als noch einen Moment länger in diesem Albtraum zu verweilen. Plötzlich – ein Ruck, so heftig, dass er mich nach hinten reißt, mich zu Boden zwingt. Schmerz durchzuckt mich, unmittelbar gefolgt von einem ohrenbetäubenden Knall. Was ist das? Warum schießen sie auf mich?

Ich wollte doch nur... nur nach Hause.

Der Himmel über mir weitet sich aus, dann beginnt mein Gesichtsfeld sich merkwürdig zu verengen, als würde die Welt um mich herum langsam verblassen. Meine Gedanken verlieren an Klarheit, meine Kraft schwindet. Was geschieht hier mit mir? Inmitten der Unschärfe, die meine Sicht trübt, taucht ein Gesicht auf – ein bekanntes Gesicht, ein Gesicht aus meiner Kompanie. Seine Augen sind auf mich gerichtet, voller Trauer. Warum sieht er mich so an? Warum hat er auf mich geschossen? Die Intensität des Moments beginnt nachzulassen, als würde das Leben selbst langsam aus meinem Körper entweichen. Mit jedem Herzschlag, der in meinen Ohren dröhnt, wird die Welt um mich herum stiller, die Farben blasser, die Geräusche des Kampfes entfernter.

Es ist, als würde ich mich von einer Klippe ins Meer stürzen, hinab in die Tiefe, wo alles still und ruhig ist. In diesem Übergang, wo die Realität zu verschwimmen beginnt, spüre ich, wie die Gewichte der Schuld, der Angst und des Schmerzes von meinen Schultern genommen werden. Es ist ein seltsamer Frieden, der mich umfängt, ein Akzeptieren dessen, was nicht geändert werden kann. Das letzte, was ich sehe, ist dass traurige Gesicht meines Kameraden, dass sich langsam in die Unschärfe meines Bewusstseins auflöst. Warum er auf mich geschossen hat, bleibt ein Rätsel, eingehüllt in das Dunkel, dass mich jetzt umfängt. Doch in diesen letzten Momenten, in denen mein Geist sich von der Welt löst, finde ich eine seltsame Form der Erleichterung – die Erleichterung, dass das Laufen vorbei ist, dass ich nicht mehr fliehen muss.

Alles wird still.

KAPITEL 3: BEFEHLE IM GRAU

Im Umland des Dorfes

Während ich den leblosen Körper des jungen Soldaten betrachte, streift mich für einen Moment die Erkenntnis der menschlichen Tragödie, die sich hier vor meinen Augen abspielt. Doch solche Gedanken sind Luxus, den ich mir nicht leisten kann. Die harte Realität des Krieges erfordert Entscheidungen, die weit über persönliche Empfindungen hinausgehen. Der Zweck heiligt die Mittel, wiederhole ich in meinem Kopf. Es ist ein grausames Spiel, in dem die Erhaltung meiner Position und das Wohl meiner Familie über allem stehen.

Die Entscheidung, auf die Fliehenden zu schießen, war hart, aber notwendig. Disziplin und Ordnung müssen gewahrt bleiben, koste es, was es wolle. Die Soldaten waren sich der Risiken bewusst. In diesem Machtkampf zählt jedes Opfer, dass den eigenen Standpunkt sichert.

Immerhin haben wir den Angriff abgewehrt. So viele sie auch in den Staub schicken – wir werfen noch mehr Männer nach, bis ihre Reihen dünner werden als der Rauch über den Schützengräben. Irgendwann wird ihre Entschlossenheit bröckeln, weil unsere schiere Zahl wie ein Mahlstein auf ihrer Moral lastet. In diesem Krieg gilt nur das Ziel, und jedes Mittel, dass uns einen Zoll Boden sichert, wird heilig gesprochen, noch bevor das Blut trocknet. Solange ich diesen Frontabschnitt halte, solange kein Feind unsere Linie durchbricht, bleibe ich eine Schachfigur, die weiterlebt – geschützt durch Erfolg, nicht durch Gnade.

Unterwegs

Auf dem Weg zur Hauptstadt, wo ich meinen Bericht abgeben soll, kreisen meine Gedanken um die bevorstehende Aufgabe. "Was machen wir hier, in diesem gottverlassenen Ort, wo nichts von strategischer Bedeutung ist?", frage ich mich. Es geht nur darum, Stärke zu demonstrieren, eine Machtdemonstration, die oft sinnlos erscheint. Manchmal verfluche ich die Generäle für ihre Befehle, die fernab jeglicher Realität scheinen. Hier sterben Menschen für nichts, und ich könnte einer von ihnen sein. Das darf nicht passieren. Nicht mein Leben, nicht meine Karriere darf hier enden, in der Bedeutungslosigkeit dieses Ortes.

Meine Gedanken wandern weiter, während ich die Geschichte forme, die ich erzählen werde: Eine

Geschichte von taktischem Genie und triumphalem Erfolg, weit entfernt von der blutigen Wahrheit des Schlachtfeldes. Die wahre Geschichte, die Verluste und Opfer, bleibt verborgen. Die Darstellung nach außen muss makellos sein. Ich bin mir der Risiken bewusst, die eine nicht überzeugende Darstellung mit sich bringt. Jeder Fehler könnte fatal sein, könnte meinen Kopf kosten. Die Angst vor dem Versagen und vor den Konsequenzen einer Enttarnung meiner Lügen kriecht mir kalt den Rücken hinunter. Doch ich weiß, was auf dem Spiel steht – für meine Karriere, für meine Familie.

Ich ziehe dass kleine Feldnotizbuch aus der Brusttasche – das, in dem ich eigentlich Verlustlisten führe. Auf der letzten freien Seite schreibe ich hastig, damit niemand die zitternde Hand bemerkt:

> Meine liebste Anna,
>
> Sag den Kindern, ich komme bald heim. Wenn Jonas wieder fragt, ob sein Vater ein Held ist, dann lächle für mich und nicke. Verliere dich nicht in den Nachrichten – sie zeigen nur Rauch und Zahlen, nie den Geruch, der in den Haaren bleibt. Der Winter hier draußen ist hart, aber ich habe noch alle Finger, und dass ist mehr, als ich gestern versprechen konnte.

Halte das Haus warm. Ich träume in jeder Nacht von den Apfelblüten hinter unserem Fenster.

Dein Viktor

Ich halte inne. Das Wort Held brennt auf dem Papier wie eine Lüge, doch ich lasse sie stehen – für Jonas, für Anna, für das Leben, dass ich noch nicht aufgeben will. Dann reiße ich die Seite heraus, falte sie so klein, dass sie in die Hülse meiner Patronentasche passt. Dort wird sie bleiben, bis dieser Krieg ein Ende hat – oder bis irgendein Quartiermeister sie an meine Familie weiterschickt, wenn ich selbst es nicht mehr kann.

In der Hauptstadt

Als ich in der prunkvollen Hauptstadt ankomme, um dem Präsidenten gegenüberzutreten, ist die Luft erfüllt von Macht und Erwartung. Die Angst vor dem Treffen, gemischt mit der Ehrfurcht vor der Autorität des Präsidenten, lässt mich innerlich erzittern. Ich bereite mich darauf vor, die Rolle meines Lebens zu spielen, eine perfekte Geschichte zu präsentieren, die keinen Raum für Zweifel lässt. In diesem Moment zählt nur eines: zu überzeugen, dass alles nach Plan verlaufen ist, dass wir siegreich waren. Die Geschichte, die ich erzählen werde, muss die Obersten überzeugen und meinen Platz sichern. Es gibt keinen Raum für Fehler, nur für eine makellose Darstellung der Ereignisse, die meine Position stärkt und meine Familie schützt.

KAPITEL 4: GIPFEL DER ENT-SCHEIDUNGEN

Im Palast

Ich stehe vor dem Fenster meines Arbeitszimmers. Die Stadt unter mir liegt still – ein Gleichmaß aus geordnetem Licht, sauberem Beton und patriotischem Schweigen. Kein Hupen. Kein Protest. Disziplin. Ordnung. Nichts weiter. So soll es sein.

Die Uniform liegt schwer auf meinen Schultern. Nicht wegen des Stoffs – wegen der Bedeutung. Ich trage sie nicht, weil ich es muss, sondern weil ich der Letzte bin, der es kann. Der sie noch ausfüllt.

Meine Hände zittern leicht. Es ist die Kälte, rede ich mir ein. Doch die Temperatur ist exakt geregelt. Immer 21,0 Grad. Perfektion duldet keine Schwankung.

Ich gehe zu meinem Schreibtisch, fahre mit der Fingerspitze über dass makellose Holz. Man hat es mir aus einem Baum gefertigt, der an der Grenze wuchs – direkt an der Frontlinie. Ein Symbol. Sieg über Natur und Zweifel. Doch manchmal frage ich mich, ob der Baum es gemerkt hat, als er fiel?

Ich lasse mich nieder. Atme durch. Greife nach der Kanne. Tee, nicht Kaffee. Der Arzt hat es so gesagt. Der Arzt hat vieles gesagt. Ich höre auf die klugen Männer – solange sie mich bestätigen.

Es wird Zeit, das Spiel beginnt. Ich zeige Ihnen, was sie sehen wollen – was sie sehen müssen

Der Empfang

Als der Major und die Generäle in den prunkvollen Saal treten, wo ich sie erwarte, kann ich das Zittern ihrer Knie fast spüren. Ihre Anspannung ist greifbar, eine köstliche Delikatesse für jemanden wie mich, der sich an der Macht berauscht. Ich, der Präsident, der unangefochtene Herrscher, der die Fäden zieht und dessen Willen Gesetz ist. Ich sitze dort, wo Entscheidungen Geschichte formen, in meinem Sitz, umgeben von der Pracht, die meiner Stellung gebührt, bereit, das Schauspiel zu genießen, dass sich gleich entfalten wird.

Ich bin mir bewusst, dass sie mir eine Geschichte erzählen werden, eine Geschichte des Sieges, geschönt und aufgeblasen, genauso, wie ich es hören will. Die Generäle werden schwitzen, ihre Worte sorgfältig wählen, um ja nichts Falsches zu sagen, dass meine Ungeduld oder meinen Zorn wecken könnte. Sie fürchten mich, und dass zu Recht. Ich bin der Einzige, der es tragen kann, derjenige, der genau weiß, wie die Menschen ticken, wie man sie manipuliert, um zu bekommen, was man will.

"Es war also ein glorreicher Sieg", beginne ich, meine Stimme durchdringt den Raum mit der Autorität, die mir eigen ist. "Der Gegner ist geschlagen und wie ein räudiger Hund davongelaufen." Meine Worte sind mit Spott geladen, ein Spiel, dass ich zu gut beherrsche. Doch mein Hunger ist mit solchen Geschichten nicht gestillt. Ich will mehr. Ich will wissen, was dass nächste Ziel ist. Trotz aller Siege scheint der Fortschritt auf dem Schlachtfeld erschreckend langsam. Wie kann dass sein?

Meine Ungeduld wächst, und ich spüre, wie der Raum unter dem Gewicht meiner Erwartungen zu vibrieren beginnt. Vielleicht ist es an der Zeit, ein wenig Druck auszuüben, ein bisschen Angst zu schüren. Erfahrungsgemäß sind es diese Emotionen, die die Menschen antreiben, über sich hinauszuwachsen oder zu zerbrechen. Und ich bin nicht abgeneigt, beides zu sehen.

"Also", setze ich an, meine Augen bohren sich in die des Majors und dann der Reihe nach in die der Generäle. "Erzählt mir von unserem glorreichen Sieg. Aber vergesst nicht, mir auch von unseren nächsten Schritten zu berichten. Der Fortschritt muss beschleunigt werden, koste es, was es wolle." Meine Worte sind eine klare Warnung, ein Schwert, dass über ihren Köpfen schwebt. Sie wissen, das Versagen keine Option ist, nicht unter meiner Herrschaft.

Während sie beginnen, ihre Berichte vorzutragen, lehne ich mich zurück und lausche, immer bereit, zwischen den Zeilen zu lesen, die Lügen von der Wahrheit zu trennen. Ich bin der Präsident, der Meister des Spiels, und ich werde nicht zulassen, dass etwas oder jemand meinen unvermeidlichen Triumph verzögert.

Der Bericht neigt sich dem Ende zu, und es ist genau das, was ich erwartet habe. Mit einem durchdringenden Blick mustere ich sie alle der Reihe nach, spüre, dass da noch mehr sein muss. "Wie geht es weiter?", frage ich. "Wo können wir den Feind weiter vor uns hertreiben? Nach diesem Sieg müssen wir die Initiative ergreifen und endlich diesen Krieg beenden." Doch was ich ernte, ist Schweigen, ein kollektives Zögern, dass den Raum füllt. Wie kann dass sein?

Schließlich durchbricht ein Räuspern die Stille. Der Major tritt vor, und in diesem Moment denke ich mir, dass hier jemand Mut gefasst hat. "Mal sehen, was er zu sagen hat", murmle ich innerlich und lehne mich erwartungsvoll zurück. Seine Worte

bringen ein Schmunzeln auf meine Lippen. Die Er-
klärung, warum wir trotz der angeblich geringen
Verluste nicht in der Lage sind, weiter vorzurücken,
klingt fadenscheinig. Sofort durchschau ich das
Spiel: Die Zahlen wurden schöngefärbt, die Verluste sind höher, als sie zugeben wollen.

Ich merke mir den Major und seinen befehlshaben-
den General. Ein kurzer, bedeutungsvoller Blick zu
meinem Geheimdienstchef genügt – ich will die
Wahrheit herausfinden, und für diese Täuschung
wird jemand büßen müssen. Doch das Spiel muss
vorerst weitergehen.

Mit einer Geste, die sowohl Dankbarkeit als auch
Abschluss signalisiert, bedanke ich mich bei den
Generälen. Ich reiche jedem die Hand, ein Akt for-
meller Anerkennung, während in meinem Kopf be-
reits die Räder weiterdrehen. Wir posieren für ein
paar Fotos, die perfekte Inszenierung für die Kame-
ras, ein Bild des Erfolgs und der Einheit. Und dann
sind sie weg, zurück in die Schatten ihrer halbwah-
ren Geschichten.

Allein

Während die Tür hinter ihnen ins Schloss fällt,
bleibt mir die Gewissheit, dass dieses Treffen nur
der Anfang war. Die Wahrheit wird ans Licht

kommen, und ich werde dafür sorgen, dass die Verantwortlichen zur Rechenschaft gezogen werden. In diesem Spiel um Macht und Kontrolle ist kein Platz für Schwäche oder Lügen.

Ein Schatten löst sich von der Tür, tritt ins Licht. Jandrek, mein Geheimdienstchef, nähert sich. "Nun?", frage ich ungeduldig. "Was ist die Wahrheit?"

"Es ist, wie immer, mein Präsident", beginnt er, seine Stimme ein gefasstes Flüstern. "Die Zahlen waren natürlich geschönt. Ja, wir haben gesiegt, aber der Preis war hoch. So hoch, dass unsere Truppen im Moment nicht in der Lage sind zu kämpfen."

Wut wallt in mir auf, doch ich fange meine Gesichtszüge schnell wieder ein. "Nun", sage ich beherrscht, "dann schick den General mit seinem Major zurück zu seinen Männern. Ich will, dass sie alle an dem am stärksten umkämpfter Abschnitt der Front eingesetzt werden. Mal sehen, aus welchem Holz sie geschnitzt sind. Vielleicht kommt ja einer zur nächsten Siegesparade zurück!"

Mit einem Kopfnicken schicke ich Jandrek zurück in den Schatten und setze mich an meinen Schreibtisch. Diese Marionetten ohne Fäden, was würden sie nur ohne mich machen? Das Land würde vor die

Hunde gehen, wenn hier niemand ordnend über sie wacht.

Ich hebe mein Glas Wein, um auf meine unerschütterliche Führung anzustoßen, doch plötzlich zittert meine Hand unkontrollierbar, und das Glas entgleitet meinem Griff. Es zerspringt am Boden. Panik ergreift mich, als ich realisiere, dass ich meine rechte Seite nicht mehr bewegen kann. Aus meinem Mund kommen nur noch unverständliche Laute. Ich versuche nach Hilfe zu rufen, aber kein Wort formt sich richtig. Vor meinen Augen tanzen Punkte, werden immer zahlreicher, während die Welt um mich herum zu verblassen beginnt.

Was ist hier los? Was passiert mit mir? In meinen letzten bewussten Momenten erfasst mich eine tiefe Verwirrung und Furcht. Die Dunkelheit umhüllt mich, während ich hilflos am Boden liege, unfähig zu begreifen, wie mein eigenes Ende so plötzlich über mich kommen konnte.

KAPITEL 5. DAS ENDE

Am Seerosenteich

Heute habe ich die Nachricht erhalten, die kein Elternteil, keine Großmutter je hören möchte. Meine geliebte Elena ist tot. In meinem Schoß liegt der Brief, der diese unerträgliche Wahrheit überbringt, während ich hier am Seerosenteich sitze, unserem Ort, der einst voller Leben und Lachen war. Die Tränen fließen ungehindert, vermischen sich mit der Tinte der Worte, die mein Herz in Stücke reißen.

Gleichzeitig erfüllt die Luft um mich herum ein ganz anderer Klang – das Hupen von Autos, Menschen, die vor Freude durch die Straßen ziehen. Der gegnerische Präsident, der Mann, der diesen Krieg über unser Land gebracht hat, ist tot. Überall in den Nachrichten sprechen sie von seinem Ende, als wäre es der Beginn von etwas Neuem, der Hoffnungsschimmer am Horizont eines langen, dunklen Tunnels.

Ich weiß nicht, was ich fühlen soll. In mir tobt ein Sturm aus Trauer und einem Hauch von Hoffnung – eine seltsame Mischung, die schwer in Worte zu fassen ist. Könnte der Tod dieses Mannes das Ende des Krieges bedeuten? Ist es möglich, dass nach all dem Leid, dass er über uns gebracht hat, nun endlich Frieden einkehren wird?

Doch für mich, für uns, kommt jede Hoffnung zu spät. Meine Elena wird nicht zurückkehren, um diesen Frieden zu erleben. Sie wird nie wieder am Ufer dieses Teiches sitzen, nie wieder die Seerosen betrachten oder ihre Hand ins kühle Wasser tauchen. Der Krieg hat sie mir genommen, lange bevor sein Ende auch nur ein Flüstern in der Luft war.

Ich sitze hier, weine um ein Leben, dass so grausam beendet wurde, während um mich herum die Welt in Jubel ausbricht. Der Kontrast zwischen meinem Schmerz und ihrer Freude könnte nicht größer sein. In meinen Händen halte ich den Brief, der mir die schlimmste Nachricht meines Lebens überbracht hat, und blicke hinaus auf den Teich, der in den letzten Strahlen der untergehenden Sonne glitzert.

Vielleicht wird der Krieg bald vorbei sein. Vielleicht wird es Frieden geben. Aber für mich, für meine Familie, wird es immer zu spät sein. Meine Elena, mein Herz, mein Licht – nichts wird die Leere füllen, die ihr Verlust in mir hinterlassen hat.